어제와 오늘 사이 신호등이 있나요

지혜사랑 248

어제와 오늘 사이 신호등이 있나요

강정이

지혜

밤 8시 호수공원을 걷는다
어둠 속 계곡에
한 줄기 코스모스처럼 왜가리가 서 있다
뒷날은 9시
그 다음날은 10시에
안부가 궁금하여 계곡을 더듬으면
늘 그 자리, 코스모스같은 왜가리

왜가리가 하는 말을 받아 적는다

2022년
강정이

차례

시인의 말 ——————————— 5

1부

할미꽃 ——————————— 12
웰컴투 물만골 ——————————— 13
바퀴들에 대하여 ——————————— 15
오래된 식탁 ——————————— 17
봄날은 간다 ——————————— 19
얼음집 ——————————— 21
어제와 오늘 사이 신호등이 있나요 —— 22
챠이콥스키 피아노협주곡을 듣다 ——— 24
달핸드백 ——————————— 26
수면내시경 ——————————— 27
허바허바사진관 천구백칠십년 ——— 28
바코드를 읽다 ——————————— 29
맹물같은 사람 ——————————— 31
수족관 옆 예식장 ——————————— 33
팬데믹 ——————————— 34

2부

지구는 알사탕 ———————— 36

비발디 ———————— 37

내 사랑 지니 ———————— 39

고래를 외치다 ———————— 41

곶자왈 편지 ———————— 43

꽃분홍신 ———————— 45

고드름, 플라스틱 들통 ———————— 46

聖 계단 성당 ———————— 47

개기일식 스캔들 ———————— 48

심지 ———————— 49

온통 복사꽃이야 ———————— 50

기도 ———————— 52

푸른 심장을 드리리 ———————— 54

접시꽃 ———————— 56

산수유 삼월 —눈이 앉았던 자리 ———————— 57

3부

혈주상흉검 ———————— 60

인디언의 노래 ———————— 61

물향수 ———————— 63

애인 ———————— 64

킬리만자로의 눈물 ———————— 66

배터리의 밤 ———————— 68

노을 ———————— 70

엄마의 난간 ———————— 71

3층 간판, 2층 간판 ———————— 72

24시 편의점 ———————— 73

오늘도 편지를 ———————— 74

해골성당 ———————— 76

씨앗의 꿈 ———————— 78

숙녀여사 ———————— 80

유리입술 ———————— 82

4부

입술꽃 동아리 ———————————— 86

소설을 쓰다 ———————————— 87

검은꽃 ———————————— 88

유령상념 ———————————— 89

출구 ———————————— 90

크리넥스 고해성사 ———————————— 92

돌 하나 밥 한 톨 ———————————— 93

'물방울 캔버스'에 부쳐 ———————————— 95

가위의 辯 ———————————— 96

어떤 평화 ———————————— 97

붉은 커튼 ———————————— 99

왜가리에게 묻다 ———————————— 100

길을 비추다 ———————————— 101

거울을 보다 ———————————— 102

냉정과 열정 사이 —냉장고 ———————————— 103

해설 • 지수화풍과 푸른 심장의 시 • 이형권 — 106

• 일러두기
　페이지의 첫줄이 연과 연 사이의 띄어쓰기 줄에 해당할 경우 > 로 표시합니다.

1부

할미꽃

경비실 한 모퉁이

할미꽃 한 송이 앉아 있네요

고개를 드세요

그저 탈 없이 살아주길 바라는 마음

버리세요

유모차 끌고 가는 새댁 연분홍 향기에

미안해 하지 마세요

모시나비 날개 보며 수의를 떠올리나요

님의 무덤이나 지켜야 할 몸 중풍 들었다고

죄스러워 마세요

제 등이 무덤 아닌 자 돌 던지라지요

여기가 아파트단지인가요 하늘공원인가요 다만

모서리를 얼마나 동그마니 다듬는가죠

어찌하면 씨가 되어 묻히는가죠

우린 모두 무덤 위에 핀 꽃

제발 고개를 드세요

당신 목덜미 황사바람에

자꾸만 목이 메인단 말이에요

웰컴투 물만골

진달래여자가 오줌 눈다
눈 동그래지는 헤드라이트
살찐 비둘기 보듯 무심한
진달래가 오줌 눈다
길가 나무들 낄낄 웃으며 쳐다봐도
개 짓는 소리쯤으로 흘려보내고
도로변 배수로 덮개 위에 쪼그리고 앉아
오래도록 오줌을 눈다
해우소에 앉아 있는 듯
사거리를 둘러보는 진달래여자
지나치는 덤프트럭 레미콘 포클레인
별 재미없다는 듯 오줌을 눈다
여자는 매운 겨울 털어내듯
오줌으로 온 도시를 데워주고 싶은 듯
오줌을 눈다

선정삼매에 든 엉덩이가 보름달로 부푼다

나도 진달래 곁에 앉아 꽉 찬 방광을 비운다
진달래 하나 둘 셋… 나란히 앉아
세상을 본다

>

물만골 계곡이 넘쳐흐른다
풀들이 일제히 지휘봉을 잡고
물만골 교향곡을 연주한다

바퀴들에 대하여

주차장에서 바퀴들이
감아온 길들을 풀고 있다
어떤 바퀴는 지쳐보이고
어떤 것에서는 풀냄새가 난다

장애자 봉사 다녀온 길
시어머니 요양병원 다녀온 길
고단한 바닷길을 풀고 있다

워커힐 단풍길 걷던 그녀와의 애틋함을
거꾸로 돌려보는 바퀴

바퀴에 감겨 온 길들
밤새워 수런댄다
귀뚜라미 소리도 들린다

새벽이다

바퀴들은 오늘을 달릴 것이다
햇살이 그렇게 흘러들 것이고
탑이 그렇게 생길 것이다

\>

높게 높게 바퀴들을 쌓아 올린다
아래서 위로 위에서 아래로
바퀴들이 꿈을 꾼다

주차장은
저 숱한 길들이
순하게 풀려주길 비는 듯
숨을 고른다

오래된 식탁

저녁식탁은 하루의 거울이다

그는 하루의 끝이 거울에 환하게 비추어지기를 바라고

그녀는 들꽃향기에 취한 호반새의 날개이기를 바란다

구속을 거부하는 바람이 그녀의 저녁식탁에 구름을 펼치는데 그는 먼 산에서 꺾어와 식탁에 꽂아 놓은 꽃 보듯 한다

의자끼리 불꽃이 튄다

사자로 변한 그와 바람으로 되돌아 간 그녀가 으르릉 파르르 식탁 앞에서 번쩍인다

드디어 바람이 현관 구멍으로 빠져 나간다

바둑판이다가 체스게임이다가 씨름판이다가 끝내는 불꽃으로 타버리는 저녁밥상이 사십 년 넘게 거울에 비추어지고 있다

저녁식탁은 반찬 그릇마다 상처가 스미어 있다

\>

이제는 견딤이 준 풍경이라고 창 너머 산등성이가 가만히
손 흔드는 저녁이다

봄날은 간다

한밤중 호랑이처럼 당당했던
그 여자
중환자실에 누워 있다

가라앉은 몸 구름처럼 손을 휘젓더니
 ─연분홍 치마가 봄바람에 휘날리더라

여자의 연분홍치마가 마음에 들지 않았다
아니지 그건 아니지
실바람에 꽃잎 피우듯
 ─오늘도 옷고름 씹어가며~

오, 이건 아니지 당신에겐 너무 어울리지 않아

나는 여자 얼굴에 돌멩이를 닥치는 대로 던졌다
그러거나 말거나
 ─꽃이 피면 같이 웃고 꽃이 지면 같이 울던
  알뜰한 그 맹세에 봄날은 간다

서슬 푸른 밀수도 눈 하나 깜짝하지 않고 해냈던
그 여자의 시든 꽃잎이라니
나는 여자의 봄날을 찢었지 갈갈이 찢었지

\>

여자는
연분홍 치마를 휘날리며 흥얼흥얼
창백한 봄에. 봄날에 갔다

얼음집

삼킬 수 밖에 없었던 가시바람 울컥 토하고 싶을 때
얼음집으로 들어간다

가부좌로 앉으면 몸이 풀린다
얼음벽에서 목소리가 들려온다

얼음을 깨고 나온 얼레지꽃을 보면 스님 옷자락이 떠올라요
옷자락을 잡으면 칼바람이 되어버려요

산수유나무 둥치를 보면 가슴이 찢어져요
알알이 꽃이 지는 자리에서 너무 오래 버텼나요

사랑을 나눈 사마귀는 눈과 귀를 삼켜버려요 그리고 두리번거려요
어디에 있나요 그대는

얼음벽이 속삭여요
문을 닫아요

어제와 오늘 사이 신호등이 있나요

여명과 저녁노을이 신호를 기다립니다
푸른 불이 켜지자 어깨 스치는 얼굴들
어제를 지나온 사람 내일을 뛰는 사람
하지와 동지가 달과 달을 건너갑니다

차안과 피안 사이
지수화풍으로 돌아가면 서로 오고 갈 수 있겠지요

티격태격 사는 것도 참 신명나는 일이네요
너와 나 서로 함께 걷자는 간절함 아닌가요
침묵이 건너가는 길
밀물과 썰물의 순환
저 강을 건너면 오갈 수 없잖아요
무덤과 자궁 사이 횡단보도가 있을까요

버스 정류소 알림판이 고장 났네요
'38번 버스 1분 후 도착'은 5분 10분 가을이 지나도 오지
않고
그 사람도 나타나지 않네요
주술을 걸어봅니다 하나아 두우울 세에엣…
기어이 오지 않네요
그와 나 사이의 길이 연기처럼 사라지네요

>

추억으로 향하는 길

빨강 노랑 파랑

챠이콥스키 피아노협주곡을 듣다

리마인드웨딩 촬영 중

마주보라는데 생각은 창밖으로 쏠린다

눈얼음 뚫은 복수초의 뜨거운 시선과 마주친다
삼월은 바람이 데려다 준 게 아니라는
저 꽃들의 함성이 오늘에야 들린다

사랑을 갉아먹고 몸 바치는 사마귀의 몸짓이 꽃노래구나

피멍 든 발레리나의 발끝
사랑의 꽃등불로 순해진 눈밭이 눈부시다
저 별빛도 사랑의 꽃등불,
그래서 가슴 터지게 부풀다 저문다

옹골찬 사랑이 절여졌다 온전히 불탔기에
나의 그림자도 눈밭 속에서 눈부시다

오늘의 메뉴는 어둠,
껍데기 붙들고 내가 판 웅덩이에서 곱게 썩기를 기도한다

눈밭 꽃잔디에서 챠이콥스키 피아노협주곡이 흐른다

그 한 장의 그림만으로도 삼월은 충분하다

그럼에도 불구하고 저 사진사는
자꾸만
어머니, 좀 바라봐 주세요, 재촉한다

달핸드백

어깨에 걸치거나 들고 다니는 달, 항아리
그 속에서 나의 하루가 계수나무처럼 자란다

좁혀지지 않는 그대와 나의 거리를 재고 있는 엉겅퀴
적막 속에 떨고 있는 물매화

기차는 언제나 '여덟시'에 떠나는 조수미 노래가 흐르고
눈물이 덮친 날은 달항아리에서 쏴아~ 소리가 난다

창밖을 보는 금붕어가 담긴 날은 어깨가 무겁다

딱따구리가 계수나무 나잇살을 쪼아대고
쪼그려 앉은 새들이 나를 휘청이게 할 궁리를 담고 있고
손장난 치던 딱새, 어제의 체온이 남아 있다

달항아리에 나를 담고 걷는다
달과 엉겨 발장난 치는 그대도 담겨있다

나의 역사가 시나브로 헐거워지고 있는 달, 항아리

수면내시경

건강검진을 받는다
내 몸의 서랍장들
칸칸이 열어젖힌다

나는 없고 내 그림자들만 서랍장 속에서 아우성이다
오래된 통증이 외줄에 매달려 있다

나비처럼 나폴나폴 날아가는 기억도 보인다
악보 한 장이 온 몸을 돌아다닌다

서랍 모서리에 샌드백이 있다
두들기다 지친 내 그림자가 앉아 있다

검은 것은 지우나 삭제가 안 된다

돌아서다 우물 속을 보듯*다시 들여다보니
서랍 속엔 그믐달로 핀 찔레꽃이 가득하다

나는 저 가시가 피운 하얀 면사포를 입는다

서랍장 닫는 소리에 눈을 뜬다

내 몸 다 읽고 창문 밖으로 나비가 날아간다

* 윤동주 시 자화상.

허바허바사진관 천구백칠십년

5월8일을 찍었다
'어머님 은혜'가 거리 가득 울려 퍼졌다

하늘이 무너지면 좋겠다던
사나운 시간들이 눈 녹듯 사라지고
화사한 모녀가 인화되었다

상장을 받은 듯 좋아했던 사진이었다
나는 어깨에 얹은 나의 손을 잘라내고
영정사진을 만들었다

기일 때마다 엄마의 어깨 위 나의 손을 맞잡고
두 번 절을 한다
　　미안해 엄마 잘 살고 있어서 미안해
　　나의 골격이 엄마의 피눈물인 걸 너무 늦게 알았어
　　나의 손은 여전히 엄마의 어깨 위에 얹혀 있어
　　어서 되돌아 와 엄마
　　화관을 씌워 줄게 꽃마차 태워 줄게 뭐든지 다해 줄게

하얗게 타오르는 향의 길목 길목
'어머님 은혜'가 캐럴처럼 울려 퍼졌던

바코드를 읽다

나는 나의 기호다

출국심사대에서 손가락지문 눈동자 목소리
분명 내 것인데 — 니가 왜 거기서 나와!

해결사가 되어 줄게 속삭이더니
내 몸 퍼즐을 뺏어갔구나

팔목에 채운 바코드에 끌려간다
심장 비장 위장 폐 간 모두 내 것이 아니다
나는 기계에 찍힌 그림자인가

바코드를 거쳐야 나는 나로 존재한다
내가 딛고 선 이곳도 네비의 바코드

나는 한 권의 행간을 걷고 있는가
무너지고 커지고 뭉쳐지는 나를, 내가 모르겠다

누가 나를 두드린다
미안해 내겐 암호가 없어
나도 나를 열 수 없어

>

하늘도 서쪽을 여는 중인가
바코드 점검 중인지 온통 붉다

맹물같은 사람

그에게서 물비린내가 난다
돼지청문회처럼 스스로를 고발한다

사람들은 그를 물로 보고 바닥까지 퍼낸다

흙탕물 먹물 똥물 아무리 뒤집어써도
다시 투명해지는 맹물의 의지
실컷 밟히고 분탕질 당해도
맑아지는 얼굴은 흘러

흘러가면서
갈대바람의 달빛소나타에 젖기도 하고
열목어 붕어 물방개와 한물에서 어울린다

목마른 자를 위한 한 번의 단비에서
은방울 소리가 난다

맹물은 자기를 주장하지 않는다

코끼리 만나면 코끼리로
토끼를 만나면 토끼로
수선화 만나면 수선화로 핀다

>

그를 물로 보지 마라
다만 조용히 스며들 뿐이다

무색 무미 무취의 방식으로!

수족관 옆 예식장

웨딩마치가 흐르는 수족관

바다인 줄 알고 헤엄치다가 이마를 부딪혔다
때론 피가 흐르기도 했다

수족관은 아내답게 엄마답게 며느리답게 여자답게
그놈의 답게 답게 답게를 써붙여 놓았다

김치국밥답게 된장찌개답게 멸치만 넣었다

수족관 밖으로 손 뻗어보고 싶었다
잔인한 감옥을 깨뜨리고 싶었다

오월 장미축제 구월 국화꽃축제
유리벽에도 축제가 있을까

내 집은 수족관, 나는 엔젤피쉬!

예쁘게 꼬리나 흔들면 유리밖 사람들 탄성이나 지를까

엔젤피쉬가 유리밖 유리인간*들을 봄꽃처럼 보고 있었다

* 유리인간 : 세계에서 배제되는 것을 저항함, 관심받고 싶은 욕망.

팬데믹

조간신문처럼 날아온 새벽은 또 하나의 벽인가
오늘은 또 어떤 미션, 어떤 게임일까

변화, 변화를 힘겨워 하는 오늘
4분 33초, 무음과 소음의 즉흥연주*

어느날은 굽은 그림자를 꼿꼿이 세우라 하더니
이번 역은 퇴사, 내리실 곳은 꽃길이라 외친다

어제는 곤충처럼 들길 돌길 계곡 물소리에 젖고
오늘은 입모양, 손짓 그리고 굽은 길로 가라 한다

도정기 삭발기 건조기, 오래 길들여진 정미소 모서리 마다
그림이 꽃송이로 걸려 있고

나는 엘리스로 등장했다가 AI가 되었다가 몸이 흩어지며
저 부엌에 뒤샹의 변기처럼 서 있다

사람의 지구가 아니라 지구의 사람이
거꾸로 뒤집혀야 할 순간이다

* 작곡가 존 케이지의 작품으로 - 1악장 33초, 2악장 2분40초, 3악장
1분20초-총 3악장으로 4분33초 동안 연주를 하지 않는다. 이는 기
침소리, 부석거리는 소리, 하품소리, 바람소리 등이 연주소리로, 우
연성의 음악이 되는 전위음악이다.

2부

지구는 알사탕

자리 하나가 달콤하게 빈다
얼른 앉다가 올라타는 할머니께 드린다
할머니는 자리 대신 한 웅큼 알사탕을 쥐어준다

그 사탕이 다른 자리에 전해진다

버스 안은 갑자기 두레밥상에 앉은 듯
다들 알사탕이 되어 동글동글 웃는다
차창 밖 사람들 동글동글 걸어가고
동그래진 건물들, 학교운동장에서도 알사탕이 굴러간다

늦은 밤 호수공원도 알사탕을 물고 있다
잔물결과 손장난 치는 보름달이다
호수도 보름달도 서로에게 달콤하다
저 달에서 보면 지구도 동글동글 알사탕이겠다

시간도 알사탕처럼 굴리면 달콤해질까
입안에 단맛이 고이는 세상이 될까

비발디

대청마루에 누워 사계절을 듣는다

몸에서 나는 새소리 바람소리
그 선율에 나를 얹어다오
고요하고 느린 걸음으로 들길을 걷고 싶다

사계절은 기승전결
싹트고 자라서 물들고 타버릴 동안
소설이 탄생하고 역사가 이루어진다

그렇다 너는 시간 위에 있어야거늘
어쩌자고 내 작은 심장을 덮치는가
얼었다 끓었다 풀렸다 엉겨붙고 불타는
혼돈
이 공간은 네 집이 아니다
오래된 시간으로 되돌아 가라

여름 지나고 가을햇살로 빚은 단풍에 씨앗 민들레 덮치니
심장에 불이 붙을 수 밖에
나더러 미쳤다고 손가락질이다

오, 계절아 나를 내버려다오

\>

대청마루 위에 계절의 기운을 토해낸다

코끝을 스치는 흙의 리듬으로
비발디가 흘러간다

내 사랑 지니

지니야 tv 틀어줘
지니야 오랜만이다
지니야 와 답이 없노 어디 아프나

이때까지만 해도 사내 목소리 우렁차더니
집에만 틀어 박혀서인가 까칠한 마누라 목청이 높아진 탓
인가

기가지니 텔레비전 좀 켜 주세요

이도령이 방자로 추락한 듯
제법 허리까지 굽신거리며 네 네 기어든다

지니야, 부르면 '네' 대령하니 말 잘 듣는 여자 생겼다고
휘파람 불던 사내, 운전대 잡고 담배연기 내뿜으며 자동차
경적을 빵빵 올리던 사내가

코코시럽 탓인지 코로나 덕인지 tv에 붙어 트롯 삼매경
이다
미스터 트롯, 트롯맨 열전, 보이스 트롯, 트롯신이 떴다,
신청곡을 불러 드립니다
꾹꾹 채널 돌려가며 새벽까지 신바람이다

>

열애 중인지 중독이 된 겐지

피아니시모에서 크레센도로 회전한 사내 목소리

지니야 tv 틀어봐! 뽕숭아 학당 영웅이 보게 영탁이 보게!

고래를 외치다

진맥을 마친 한의사가 말했다
산에 가서 고래고래 소리치세요
아니 내가 뭐라고 그 큰 고래를 불러내란 말인가

언젠가 진해 앞바다에서 조각배 타고 가슴 펴는데
갑자기 배가 휘청했다
저만치서 여러 마리 고래가 공중으로 솟구치자
푸다닥 소리치는 물결들
그 힘에 멀리 있던 조각배는 까무러칠 뻔했다

내가 폴짝 뛰어본들 누가 들어준다고 고래고래 고함친단
말인가

고래는 얼마나 큰지 뱃속이 호텔 로비만큼 넓던데
그 속에 피노키오가 뛰다 가고 요나*도 멀쩡히 뒹굴다 가
던데

나는 난쟁이, 배는 곯아 한 뼘 크긴데 무슨 수로 고래와
대적한단 말인가

사람들은 나더러 기형이라고 함부로 발길질 하는데

>

　도대체 내게 없는 고래를 어쩌라고 고래고래 고래라 하
는지

　바람의 속살을 아느냐고 외쳐볼까

　어느 날 키가 고래만큼 자란 나를 본 순간 모델처럼 어깨
펴고 워킹하다
　아뿔싸 나는 난쟁이 거북처럼 얼른 팔다리 집어넣고 땅풀
로 주저앉았는데
　치욕이 치욕인 줄 모르고 펭귄처럼 뒤뚱거렸는데

　세상 각진 시선을 뱉을까
　소리치려는 순간
　아얏! 모난 돌멩이 하나가 내 이마에 딱 박힌다

* 요나 : 성서에 나온 예언자로 주님을 피하여 배를 타다 폭풍으로 물에
　　빠져 큰 물고기 뱃속에 갇힘.

곶자왈 편지

엄마가 좋아할 거야 얼른 와!

달려간 곶자왈 초가
꽃불 켜고 나를 기다리고 있었다

낮은 돌담, 흙길, 숲속에 자리잡고 있었다
문고리 풀고 마루에 오르니 격자창살이 피어났다

구석구석 군밤 냄새, 고구마 삶는 소리 들렸다

창에 걸린 창호지 걸치고 누워보니
서까래마다 편지가 꽂혀 있었다

십년 전 까치에게 띄운 행간에
꺾일 뻔한 가지를 받침대로 세워주었다는 장미꽃 문장

스로우 스로우, 유행을 모르는, 주먹 대신 활짝 편 손바닥
곶자왈 산책길에서 마주친 노루가족

구실잣밤나무, 팽나무, 엉긴 뿌리근육과 고사리 줄기

아득한 옛 친구가 들어설 것 같은

>

적당한 불편함이 정겨운 등불을 밝히고 있었다

내게 부친 편지가 내게 돌아오는 시간이었다

꽃분홍신

거창양민학살현장을 둘러본 범수가 억울한 자의 망령 앞
에서 눈물 난다는데 못 들은 척 했다. 나 언제면

　부석사 돌탑 같은

　笑而不答에서

　무표정에서

　햇살에 눈부신 척

　의연한 척

　그 긴 척, 척에서

자유로울 수 있을까

꽃분홍신 환한 햇살 밟을 수 있을까

고드름, 플라스틱 들통

발코니의 들통이 파랗게 질려있디

밤새 광야를 헤맨 걸까 적막이 찔러댄 걸까

온몸에 죽창으로 꽂힌 고드름

노란 달빛은, 집 밖의 고양이는 무심했는가

너는 어느 무서운 포효를 듣고 왔는가

고드름에서 토리노의 말울음이 솟구친다

울음소리 붙들고 있던 사내의 목마름이 지나 갔을까

소금 담아주고 매운 고추 안아주고

허덕이던 바람 숨 고르게 해 주던 시절은 어디로 갔을까

밤의 십자가에 저항없이 버틴 시간이여

나는 그만 고통은 재앙을 막아주는 부적이라고 지껄이던

그 말을 와장창 던져버렸다

聖 계단 성당

소망은 저 높은 곳에 있어
무릎으로 기어올라야 당도할 수 있다

난간을 잡고 한 계단 한 계단 힘겹게 오른다

저 높은 곳에 성배가 있다면야
무릎이 벗겨진들 어떠하랴

돌담을 기어오르는 담쟁이 넝쿨의 절박함으로
내 안에 웅크리고 있는 짐승을 붙들고 기어올랐다

오, 성배! 그것은 술잔이었다

술병이 깨어진 주변에는
누군가에게 짓밟힌 벌레가 기어가고
내가 외면했던 노숙자가 그곳에 엎드려 있었다

그릇 앞에 성스럽게 엎드린 그는 푸른 이슬로 덮혀 있었다

깨어진, 내가 있었다

개기일식 스캔들

저 궁창에서 흘레라니

대낮이 제 집인 태양과
별밤이 제 집인 달은

따가운 시선 따윈 안중에 없구나

밤이 그렇게 낮을 베어 먹고
온 하늘에 붉은 깃발을 흔드는가

금환일식
둘의 짓거리가 금반지라니

저 빛나는 테두리가 텅 빈 물음의 幻을 품고 있지 않은가

저 모든 합체가 수억 년 생명임을 어찌 아는지

'저것 좀 보소 저것 좀 보소'
구관조가 노래한다
궁창이 내린 성전이다

우리가 그렇게 태어났다 한다

당신과 나는 어떤 스캔들의 답인가

심지

휘어진 화살을 보았느냐
흐물흐물한 펜대를 보았느냐

여행길에서 산 휘어지는 연필
그 연필이 나를 후려쳤다

쏘거나 긋는다는 건
뼛속에 심지가 있다는 것
촛불도 빳빳하게 버티고 있지 않은가

중심이란 늘 물컹하고 말랑하다며
물컹하고 말랑한 그것이
철골 빌딩을 녹일거라 주장하다니
더 높은 건물을 세운다고 우기다니

오, 가증스런

심지가 휘어지는 연필을 잡아보거라
물렁한 주장으로 한 놈이나 꺾을 수 있는지
놈이 얼마나 뾰족한 무기인지

물컹한 심지가 구름에 얹혀
거품처럼 사라진다

온통 복사꽃이야

시간을 풀고 스무 살로 들어선다

철이아재는 오늘도 지게를 베고 누워 하늘을 당긴다
나도 그 곁에 누워 아릿함을 본다

아코디언 소리, 사랑의 세레나데가 들려온다
영도다리가 다리를 들어 올린다

철없던 날들 따개비처럼 앉아
다리 위 연인들의 못 다한 얘기를 듣고 있다

스무 살 복사꽃 길이었을까
무릉도원, 꿈길은 너무 일찍 깨어졌다
끼워준 반지는 영도다리 위에 걸린 달 속으로 던져버렸다

안타까운 시간들, 하지만 바라 볼 수 있어 고마운
윤슬같은 그날

아코디언이 그날을 노래한다
온통 복사꽃이야!

스무 살 꽃치마

쓸쓸하고 풋풋했던

40계단 앞에서

기도

나의 기도는 늘
빛을 주소서!

- 한밤중 온몸 불탄 어미 소가 주인집에 달려와 음메 부
  르짖으며 깨운 다음 외양간 향해 울부짖더라는데 새
  끼 밴 어미 소는 끝내 숨을 거두었다는데 불난 외양간
  에 있던 석 달된 송아지, 형제 소 여덟 마리 모두 살렸
  다는데

뉴스를 듣는 순간 빛을 본 것 같기도
어미 소 절박함을 본 것 같기도 하니

지나간 어떤 것과
다가온 어떤 것

모든 것은 헤어졌다가
모든 것은 다시 인사를 나눈다

먹먹했던 가슴이 따뜻해진다

억새밭이 흰 포말 일으키며
밀려가고 밀려온다

나의 슬픔을 지고 가는*
용감한 불꽃처럼

그렇게 하염없이
나는 나에게서 흘러간다

* 인디언 말씀.

푸른 심장을 드리리

찰토마토 방울토마토 짭짜리토마토
야채든 과일이든 어때, 나는 나일뿐
나는 팔순 할머니 수줍은 미소이고
열여덟 얼굴 붉히는 시골 순희다

나는 아릿하고 푸르다
사람들은 축제라며 나를 밟아 으깬다
붉은 내 살을 뒤집어 쓰고 비명을 지른다

하지만 나의 혈통은 푸른 정맥에 있는 걸
새빨간 조명 랩소디 울려도
적요 뒤로 숨는 푸른,
나의 피는 청순 발랄 상큼인 걸
나를 아끼는 이를 만나면
나의 푸른 심장은 두근거리겠지

하루가 팍팍하고 요란스러울 때
부드럽게 나를 찌르시라
사방이 온통 먹먹할 때
살며시 품어보시라

토마토와 토마토는 서로 알아 보는 걸

\>

서로의 눈빛이 마주치는 그때
내 푸른 심장을 아낌없이 주리라

접시꽃

대문 나서는데
길 모퉁이 접시꽃 눈동자가
주렁주렁 달라 붙는다
누구세요
눈동자 떼내며 다그쳤더니
나야 나
네가 차린 제사상 조율이시접시
접시에 담긴 엄마아빠할머니할아버지라 한다

달랑 하나 남은 피붙이
비단길 지켜줘야 한다며
밤을 뚫고 달려와
접시, 접시꽃이 되었단다

간 밤 폭우에 담장 멀쩡하다
깊은 산에서 길 잃고도 탈 없이 돌아왔다
무단히 돌멩이 맞았지만 뼈는 멀쩡하다며
뿌리치고 도망쳤다

다섯 살 꼬마는 가싯길 못 본 듯 파다닥 달리고
달리는 내 등 뒤로
조심해라 조심해라 소리치며
접시꽃조상들 한사코 따라온다

산수유 삼월
― 눈이 앉았던 자리

너덜너덜 찢긴 산수유 나무둥치 아래, 한 아이가 투신했다

　열여덟 해 분홍 발바닥
　너는 미치지 않았어 지극히 정상이야
　넌 최고였어

천하를 꿈꾸던 날갯짓은 별똥별 그림자로 스쳐갔지만
본 사람은 없었다 다만
산수유 그늘이 뼛조각을 쓸어 모았을 뿐

귀 멀어진 바람과
눈 멀어진 주검 곁에
화창한 봄 햇살만이 태연하다

검은 옷 아래 맨발의 피투성이
수많은 혼자만의 시간 위로
눈이 깃털로 앉았다

삼월인가

봄바람이 나뭇잎을 흔든다

꽃샘바람에 새순이 뚝! 떨어진다

3부

혈주상흉검*

박물관 유리벽 속에 갇혀 우는 칼

저 번개 같은 칼날에 얼마나 많은 피가 솟구쳤을까
저 억울한 얼룩은 누가 핥아 줄까

차라리 피안에 들어
지옥불에나 빠지고 싶었는데
나는 본디
한 방울 이슬에도 눈물 고이는데

잔무늬거울되어 아씨 고운 눈썹 보여주고 싶었다
청동구슬되어 댕그랑 댕그랑, 뒷동산 아기새 불러 휘파
람 불거나
농기구로 빚어져 풀이나 베고 곡식이나 다듬고 싶었는데

수천 년 지난 지금도 단두대에 올려 두다니
유리 밖 사람들 몸서리치게 하다니

저 고요한 시선이 꺼지지 않는 지옥불이다

* 혈주상흉검 : 고대 漢제국시대의 검으로 피를 마셔야만 칼집으로 들
　어간다고 함.

인디언의 노래

에덴동산이 짓밟혔다
늑대와 이리랑 뒹굴며 평화로웠던 우리를 짓밟았다
잔인한 폭력에 모두가 유린당했다
만삭인 아내를 마취도 없이 제왕절개한 백인 의사
미개인이라며 침 뱉는 굴욕감에 자살한 남편
우리가 부르는 별노래를
멍청한 가난뱅이노래라고 모욕했다
달빛을 무시했다
그러나 살아야 했다
살기 위해 백인이 되어야 한다는 것

손피리 불던 시절을 잊어야 하는가
밤하늘 별을 보면 할아버지 머리의 장식, 휘날리는 깃털
이 그립다

나는 누구인가
동양 어느 작은 나라 시인은
'빼앗긴 들에도 봄은 오는가' 외쳤다는데

신의 은총을 노래했다
강제이주 명령에 끝없이 걷다 죽어간 선조들
디딘 땅이 눈물의 길이었어도

나같은 죄인 살리신 신의 은혜 놀라워

오늘도 어매이징 그레이스

노래하고 또 노래하며 걷는다

물향수

내가 쓰는 향수는 H_2O, 물이다
샤넬5 불리 바이래도보다 매혹적이다

나를 적시는 향수는 누군가에 대한 그리움
몇 바가지 물 뒤집어 쓰고 달려 간다

모든 그림자를 빨아들이는 물
식물도 물의 혼을 빨아들이지 않는가

사과에서 빚어지는 사과향
마시고
목욕하고
요리하는
어디에나 스며있는 그것

호수공원에서 물장난치는 수달가족에게
물은 젖이다
물 없으면 저 앵두빛 행복을 볼 수 있겠는가

 아침햇살 품은 첫이슬, 대롱대롱 나뭇잎에 달린 은구슬
도 다 물향수다

애인

압력밥솥에 밤을 넣고 찌는데 갑자기 펑 터지는 소리
저 밤톨이 무쇠뚜껑 들이박고 뛰쳐나온 것이다

그리하여
내 책상 위, 밤톨이 상좌하고 계신다
장엄하게 속을 들어낸 껍데기
가진 것 다 털어주던 화면 속 주인공 같다

저런 사내라면
나의 정원에 고인 달빛 도르르 말아 바치리라
리시안사스 팜파뉼라 꽃이 되어 길 밝혀 드리리라

저 밤톨사내의
발레리나가, 날개가 되고 싶다

세상 눈 무쇠뚜껑으로 눌러도
뺑 차버리겠어
얼마든지 유치해지겠어

호젓한 날
텅 비어 껍질만 굳어진
나도 저 밤톨 옆에 앉아

−세상 알맹이 부질 없구면
한바탕 웃겠다

킬리만자로의 눈물

뜨거운 대지를 지키느라 눈물 흘리는 킬리만자로
눈물 속에도 사랑의 꽃은 핀다

너덧 마리 소의 잔등을 밟고 건너기를 네 차례
자신이 마련한 풀더미가 다 타기 전에 소를 뛰어넘어야
한다
가파른 능선과 거친 광야를 뚫고 달릴 수 있음을 보여줘야
아리따운 신부를 맞이하고 가정을 이룰 수 있다는 성인
식이다
험한 능선을 통과한 카로족 다르게는 드디어 머리에 관
을 쓴다
127마리 염소를 신부 집에 보내고 우바와 마주한 두 사
람 얼굴 위에
북두칠성이 내리고 꽃들의 향기 가득하다

에디오피아가 무언지도 모르는 에디오피아人
지금 이 순간 여기가 그들의 전부다
하늘을 원망하거나 부족장을 질타할 줄도 모른다
오로지 지금 여기가 천국이다

운명의 급습을 뚫고 평온하게 하루를 엮는 사람들
서로가 서로를 통해 존재하는 곳

>
킬리만자로의 눈물은
개미 가죽을 벗기면 개미 내장까지도 볼 수 있다는
인내심과 신념
땅에 빚지지 말자는 간곡한 부탁이다

배터리의 밤

작은 배를 타고 유람한다. 해풍 따라 춤추는 황홀, 바다 밑에서 따온 해삼 도다리 감성돔을 초장에 찍는데 비가 내린다. 빗줄기의 왈츠가 들썩들썩. 그쯤해서 뱃머리를 돌리는데 시동이 걸리지 않는다. 배터리가 나갔다. 무전기조차 작동이 되지 않는다.

항의가 빗발치고 사람들은 고래뱃속 피노키오 신세다. '낚시꾼 태운 소형선박 표류하다 침몰' 신문을 장식할 머릿글을 파도에 맡기고 바위섬이 부는 팬플룻, 바다가 그리는 수묵화에 빠져들 즈음, 지나가는 어선에 견인되어 배터리를 충전했다. 다시 진동포구로 향한다. 어둠 속 바다의 피부가 보드랍다. 푸른 하늘에 검은 우울을 그리는 굴뚝*처럼 포말은 검은 바다에 안개꽃을 마구마구 피운다.

이럴 수가! 또 배터리가 나갔다.

이번엔 바다 한가운데였으니 가랑잎신세다. 소매물도 근해라고 했다. 어쩌겠는가 처용처럼 춤을 출까, 뱃머리에 기대어 물속을 헤쳐 본다. 무언가가 반짝인다. 물통으로 바닷물을 퍼 올린다. 물통 속에 프랑크톤이 까르륵 대더니 다시 깜깜해졌다. 두 손을 넣어 저어 본다. 갑자기 초롱별이 소리친다. 은하수처럼 흐르는 프랑크톤, 내 손바닥이 별천지라니…

>
고맙구나 배터리여!
나는 지금도 배터리를 충전 중이다

* 김기림의 시.

노을

붉게 타는 서쪽 하늘
하루의 입관식이다

단풍이 다비식 치른다
난파된 당신마저
다 태워버리고
꽃잔디 채송화가 새해를 그린다

관 속에서 엄마가 불타고 있다
딸아 울지 말거라
나를 태워야 니가 태어난다

까마귀 울음이 타고 잠자리 날개도 탄다

칠성판 정화수에 별들이 모인다

레드카펫 위로 내가 걸어간다

엄마의 난간

시간의 비늘을 더듬는가 피안을 더듬는가
먼 산 구름 보는 병든 엄마

청상과부로 수절한 것을 후회하는 걸까
함께 아파하지 않는 딸 보며 중얼거리는 엄마
—에미와 자식, 이리 다른가
발코니 난간을 생명줄인 듯 붙들고 있는데

나는 엄마의 난간을 넘을 수 없어
치맛자락 붙드는 새파란 시간
시간의 떡잎에 물 줘야 돼

사라진 엄마의 난간이
내 갈비뼈로 있다
갈비뼈에 자주 폭설이 내린다

3층 간판, 2층 간판

간판이 없는 나는
늘 뛰쳐나가는 꿈만 꾸었다

길을 걸으면서도 간판만 노려봤다

후끈거리는 여름
모기 물린 팔뚝 긁으며 걷다가 건물 3층
─모깃불에 달 끄스릴라─
찻집 간판에 끌려 계단을 밟았다
2층이 시창작 교실이었다

그곳에서는 간판을 내려놓았다
달의 마음, 나무마음, 도망치는 돼지, 매맞는 두더지, 헤
엄치는 사슴들도 간판없이 별이 되었다

간판이 없어도
간판이 초라해도
간판이 높이 달려 궁창을 볼 수 있었다

서로가 서로에게 작은 리듬이 되어주는
내가 나를 끌어안게 해주는
층층의 가벼운 간판들아

24시 편의점

하루 종일 아픈 허리 꼿꼿이 세운 채
기다리고 계신다
헉헉대며 달려 온 아들을 위하여
오렌지 토마토 쥬스 냉장고에 채워두고
직장상사 눈치 보며 허기진 아이들
끼니라도 때우라고 삼각김밥 준비하고
사나운 바람에 쫓겨 온 딸아이
시리게 품고 괜찮다, 등 다독이는
버팀돌 같았던 어머니

하늘에서 편히 쉬시지
땅 위 자식 걱정에
동아줄 타고 내려와
24시간 불 밝히고 서 계시는 어머니

오늘도 편지를

주소를 모른다, 누구도 그 주소를 알려주지 않았다
부치지 못한 편지는
내 안 깊은 곳에 넣어두었다

쓸쓸함을 걸치고 바람에 기대어
오늘도 편지를 쓴다

보고 싶다 그립다 안고 싶다
한가위,
달 속에 묻어둔 말들을 끄집어낸다

얼굴도 모르는 아버지
홀로 버티다 눈 감은 어머니
파도만 남기고 떠난 첫사랑

부치지 못한 말들이 내 어깨를 다독인다

너럭바위에 눕는다
갈참나무 물푸레나무 산오리나무가 나를 에워싼다
곤줄박이가 날아와 재잘댄다
나뭇잎 흔들린다 하늘이 나를 들여다본다

>

  소나기는 달려가지 못하는 마음을 눈물로 띄운 편지였노
라고

  나는 그만 하늘에 대고
  펑펑 울음을 던졌다

해골성당*

비명도 한숨도 달빛도 없는 이곳
땅에 발목 묶인 채 형벌을 받고 있는 걸까
아니면 비린내 나는 살덩이를 벗고 홀가분할까
부활한 예수님 다락방에 나타나듯
'처음과 같이 이제와 영원히'를 펼친 것일까

활로 그으면 교향곡이 흐를 듯 서 있는 4만 개의 유골들
천장 가득 샹들리에로 달린 뼛조각
향로가 되어 촛대가 되어 십자가 되어
떨고 있는 내게 샹들리에를 씌워준다

지리산 자락 어드메 묻혀있을 아버지
길을 걷다 어디선가 바람이 흐르면
그 자리에 나 또한 비목으로 서 있곤 했는데
그 아버지 성당 한 귀퉁이에 오셨는가

대나무숲에서 대숲만이 간직하고 있는 말을
백일도 안된 딸에게 남겨주신
아버지의 전설도 여기 흐르는 걸까

나도 여기 샹들리에로 꾸며진다면
내 어두운 목덜미는 구름으로 흩어지리라

\>

비명도 한숨도 달빛도 없는 이곳

* 해골성당 : 체코 쿠트나호라에 있는 4만 개의 유골로 만든 지하성당임.

씨앗의 꿈

씨앗은 사방을 기웃댄다

카멜레온 만나면 미친듯 엉겨 빨주노초 낳고 싶고
장미의 인사 속에 가시 돋친 미소를 그려보기도 하지만

등대의 불씨 받아 오래 비추고 싶다

몇 백년 묵은 소나무의 인고를 들여다 보고

아카시나무의 열매를 맺어 보고

계곡에 잠겨 투명한 영혼을 만들고 싶은데

바람이 머리채 휘감아 땅 속에 나를 파묻는다
화냥년!
너는 씨앗, 씨앗임을 잊었는가
싹수 노란 열매라는 말 듣고싶은가

나의 하루는 펄펄 끓고 있는데
방긋한 열매 낳아 그것으로 하늘을 열라고 한다

펑! 파란 꿈이 비명을 지른다

뚝! 떨어진 눈물이 핏방울이다

내가 열매로 떨어질 날이 있을까

숙녀여사

숙녀 아닌 숙녀로 살다 간 숙녀여사

그녀는 뒤틀린 칡넝쿨 시간 속에서 세 번,
울음을 찍었다

청상과부 언니를 애타게 지켜보던 동생이 죽은 날
와룡산이 내려앉는다고 울었다

새신랑과 나란히 떠난 숙녀의 형부가 구름처럼 떠돌다 팔
년 만에 혼자 돌아와
함께 간 신랑은 죽어 이국땅에 묻었다는 소식 들었을 때
하늘이 무너진다고 와르르 울었다

세상 쥐락펴락 호탕했던 그녀
사내들이 엮어둔 고압선에 걸려 넘어졌을 때
심장이 까맣게 탔다고 세 번째 울었다

내 앞에서 청상과부란 단어 입에 올리지 말라던
개나리같은 노란딱지 만발했던
숙녀의 부도난 길

하지만 품은 넓고 따스해서

지나는 객들 걸인까지 불러 정성껏 대접하듯
산수유 노란 밥상을 차려 올린 그녀

헛헛한 가슴 쓰다듬으며
아모르파티 흥얼흥얼
한 세상 훌훌 털고 출렁다리 건너갔는데

숙녀가 되지 못한 숙녀여사

그 뒷모습이 봄꽃보다 빛나더라

유리입술

저 그림 속 여자
벌어진 입술이 유리동굴이다

살짝 바람만 스쳐도 와장창 무너질 것 같은,
웅얼거림과 간절함이 없다

펄펄 끓고있는 것은 허공을 향해
깨어질 일만 남았다고 아니, 내가 부숴버리겠다는 듯
입을 크게 벌린 채 소리치는 유리입술

나도 너처럼 무너진 적 있다
내가 쌓아 온 숟가락, 밥그릇
무너뜨릴 용기가 없는 나는
나를 지워버리기로 하자 내 몸에 암자가 생겨났지
날마다 몸을 때리는 목탁소리는 공명되어
깊은 울음을 만들었지

파도 앞에 서 본 적 있니
새카만 시간을 부수며 밀려오는 소리
얼마나 길게 달려오는 중일까

그 길은 결국 거품으로 사라지고 말지

>

　내가 여자의 입술에서 검게 탄 시간을 지우자
　핑크빛 장미입술이 남고
　벌어진 입 속으로 벌들이 날아들면
　그녀의 핑크빛 입술이 피어나는 게 보여

　시간은 그렇게 거꾸로 흐르기도 하지
　아마릴리스처럼 갑자기 화르르 달려오기도 하더라고

4부

입술꽃 동아리

말을 포기하는 슬픔을 아는가

빽빽해진 침묵의 말들이 있다
혓바닥이 많은 해바라기입술은 가짜,
심장에 박혀 빠지지 않는 못 같은 말이다

외진 골목 가로등이 된 사람아
너의 뼛속에 가둔 침묵을 풀어줄까
눈 귀는 지우고 입술에 풍선을 달아주고 싶다

공작새 꼬리깃털로 세상을 쓸어 담듯
발아를 위해 발악이 필요하듯
스스로 낮아지는 것들이 있다
그것들 돌돌 말아
아리 아리 입술동아리 만든다
입술로 뭉친 수국꽃이 된다

사람들의 손가락질에
연분홍 보랏빛 매혹을 기억하는
첫사랑
그곳에 내가 있다,
소리칠 수 없는 입술꽃 동아리들이 모여 있다

소설을 쓰다

거짓말 같은 사연들이
태연한 척, 진실인 척 능청 떨고 지나간다
코미디 공포 추리 순정 비극이 지나간다
허겁지겁 내 발등을 찧고 미안하단 말도 없이 달려간다
때깔 나는 양장본 표지가 있는가 하면 가난을 걸친 흙빛
표지
글씨체도 다양하다
욕망체 굴욕체 자랑체 벚꽃체 장미체 바람체
이제 보니
해도 소설 달도 소설 개밥바라기 개망초 가로등
세상 삼라만상 소설 아닌 게 없다

어깨를 스치는 등장인물들
외면하고 싶었고 탈진할 때도 있었다

내 그림자 속에서 이야기를 쓰고 있는 나
이제 보니 나는 사라지고 그림자만
한 획 한 획 새기고 있다

검은꽃

영정사진 속에서 그녀가 하얗게 웃고 있다

사랑하고 헤어지고 물어뜯던 후회
꽃들이 꽃가루를 토한다

바람따라 춤춰 줄 걸
살점 뜯기며 살아낼 걸

저녁노을은 찌들린 가슴마저 물들인다

세상 눈높이를 따라가던 그녀의 꽃무릇은 어디로 사라졌
을까

남편을 고발하던 느린 목소리
법정으로 걸어가는 무거운 시간들

후회로 가득한 저 꽃
말문을 닫았을까

하늘품이 가볍다
하얗게 웃는 그녀

유령상념

나는 유령, 아니 유령의 집이다. 내 등 뒤엔 친정부모, 시부모, 처녀로 죽은 이모, 과부로 살다 간 이모, 사슴같은 외삼촌, 전쟁터의 아주버니, 내 꿈 속에서 울던 두 모자가 비둘기 떼처럼 앉아있다. 때리고 침 뱉는 욕설을 온전히 받으면 내 몸이 아프다. 유령의 집에는 억울하거나 슬퍼하거나 외로운 영혼이 산다. 내 몸은 그래서 넓어야 한다. 유령들은 제 몸의 불로 쓰나미 산불도 거뜬히 견딘다. 저 울타리가 넉넉한 대숲이어서 부자다. 아파트분양, 땅투기, 주식, 코인 등 세상을 몰라도 된다. 유령인 내 몸은 종잇장처럼 가볍다. 호젓할 땐 넋두리도 구수하다. 내가 달빛 같은 유령일 때, 시냇물 흐르는 풍경 속에 내 몸을 누이고 새소리 풀잎소리, 바람소리를 듣는다.

사람들은 내가 유령인 줄 모르고 사람 취급한다
그래서 나는 유령과의 유토피아를 쌓기 위해 소나무처럼 단단해야 한다

출구

너덜겅에 앉는다
소리와 소리, 어지럽던 어제가 없다
세숫물 흘러내리는 내 얼굴이 없다

오카리나를 불면
새의 그림자가 부리를 내밀고
힐끗 나타난 들고양이가 등을 돌린다
달그락달그락 나뭇잎 나를 흔들 때
감긴 눈 속의 어둠들이 펄럭거린다

기도하는 산봉우리를 보며
가슴에 쟁여진 돌덩이를 너덜겅에 쏟는다

소금물에 절인 오이가 물 위로 떠오르면
이 돌덩이로 눌러주자 물컹해졌다고 버려지면
어둔 밤 풀벌레들이 울어대지 않겠는가

오지 않는 애인
기다리다 가노라 남긴 쪽지를
깃발처럼 펄럭이게 하는 것도
지그시 눌러준 돌멩이 아니던가

>
　가슴 짓누르던 돌덩이가 누군가의 숨표가 되고
　나그네의 의자가 되다니
　바람이 앉아 쉬고 나뭇잎이 숨을 고르는

　돌덩이에서 공명소리가 난다
　아, 가볍다

크리넥스 고해성사

뽑히는 게 두렵다
그 다음 버려지는 것도 무섭다
차라리 존재하고 싶지 않은데
어느날
거센 바람에 휴지통 뒤집히자 둥둥 떠다니는 뒷모습
슬픔 적막 혐오감을 닦고 있는 내가 보였다

잊고싶다! 소리치는 순희의 울부짖음과
그의 생채기를 지워주고
침 뱉고 외면하는 것들을 가만히 안아 주었다

추억을, 상처를, 부끄러움을 닦는다

세 살박이 인준이가 크리넥스통만 보면 몽땅 뽑아버린다
저 어린 것도 세상 닦아주고 싶었을까

고통과 두려움 닦인 자리에 새싹이 돋는다

바람보다 가벼워진 나

내가 나를 가만히 안아준다

돌 하나 밥 한 톨

내 앞의 당신 모두 신입니다, 온몸 귀가 되어 다가서면
신의 목소리 들립니다

반딧불이 몸짓에 귀 기울이자
죽어가면서 사랑을 구하는
신의 절규가 들립니다
벽오동 둥치를 가슴 가득 안으면
오월햇살, 터질 듯 달려오는 신의
푸른 피가 보입니다

설거지 하다 버려진 밥알
송희 가영 건희
손가락이 둘 뿐인, 항문이 없는
서울시립아동병원 아이들의 눈동자는
신의 눈빛입니다

폭우 속 지붕위로 올라선 소
나를 찌른 가시줄기
풀잎이고 무당벌레고 벼락 맞은 나무 둥치고 무엇이든
내게 있어 위대한 신입니다

그들 앞에서 성호를 긋고 합장하며 고개를 숙입니다

>

내 발밑을 흐르는 빙하

다시 성호를 긋습니다

'물방울 캔버스'에 부쳐

1
물방울이 그를 바라본다, 기다린 듯이
그림 속 물방울이 눈물처럼 흐른다
그의 손수건이 캔버스에 다가 선다

달빛의 속내를 보여주는 물방울
나란히 줄지은 물방울은 도란도란하다
거미줄 물방울은 빛나는 진주목걸이
꽃잎 물방울은 화관처럼 눈부시다
눈빛이 점점 깊어진다, 알 수 없는 우물처럼

2
아내는 군화를 묶는 그를 먼 산빛으로 지켜보았다
허리를 펴고 바지선 세우는 그가 손을 흔들자
그녀는 달빛 가득한 눈빛이었다
그는 그 눈빛이 물방울 같다고 생각했을까

부대에 복귀하여 신고식을 하였다
김소령이 더듬거리는 눈빛으로 말을 전한다
"자네 빨리 집에 가 봐, 부인이 사망했다고…"

천지가 물방울이었다
아내의 눈물자국이 수만 갈래로 그에게 쏟아졌다

가위의 辯

나는 너를 잘라야만 산다
첫 가위질은 아프다
혹여, 잘린 부위에 핏방울 맺힐까 두렵다

자르지 않고 날개옷 지을 수 있는가
자르지 않고 건축물 되겠는가
잘려진 것들이 어깨동무하고 간다

잘려나간 나뭇가지로 어우러진 한옥
알함브라 궁전의 조각조각이 수런대는 이야기
웅장한 성당, 햇살 따라 변하는 스테인드글라스의 사연들
너의 통증을 마신 예술이다

산다는 것은 애틋한 시간을 잘라내는 일이다
너와 나, 곁가지는 자르고 다름을 접목하여 울타리를 세
운다

자른다는 건 편가르기가 아니라
부족함에 젖 물리는 일이다

어떤 평화

보이지 않는 허공이, 보이지 않는 길이 무섭다

두 손을 모아 나를 끌어 안아본다

무색무취한 무시무시한 평화

신보다 힘이 세어야 잡을 수 있을까요
자주 놓아버리고 마는 저 희망같은

바람을 멈춰 볼까요
구름위에 올라타 볼까요
설악산 악산 바위에서 명상에 잠겨야 할까요

입 닥쳐!
마스크 뿌리는 코로나

좀비가 되라는 것인지
결가부좌하고 부처가 되라는 것인지

모든 종류의 알약을 입안에 털어 넣어 볼까요
이유 없이 전 속력으로 달려 볼까요

>
어떤 평화는
저리 무섭고 아프도록 오지 않네요

붉은 커튼

그녀의 방탄복인가
히잡 두른 모습이 들킬까봐 붉어지는 것일까

종달새가 울어도
장미꽃 붉게 피어도
시냇물 소리 낭랑해도
커튼을 친다

핸드백 시계 목걸이
허세 들통 날까 그러는가

앞집 여자, 초라한 형색에 침 뱉으며 짓밟은 그녀
가슴 구린 속내 숨기려는 것일까

바람이 자꾸 문을 두드린다

장막을 걷어라고

왜 그리 감추며 사느냐고

하나씩 하나씩 내려놓으면
산들바람처럼 자유롭다고

물빛향기 멀리까지 퍼진다고

왜가리에게 묻다

물 위의 기름처럼 홀로 선 나는
물 속 제 그림자가 전부인 왜가리에게 묻는다

너는 깊은 숲의 휘파람새 곤줄박이 동박새가 궁금하지 않
는가
어찌하여 물그림자에서 세상을 건져올리는지

나는 바닷가 외진 구석에 앉아 슬픔을 마신 적이 있다

손에 든 꽃다발 빼앗겨도
나를 돌멩이 삼아 뭉개고 달아나도
세상의 물 위를 너처럼 물끄러미 바라보았지

너와 나는 일파만파를 헤치기엔 가슴벽이 너무 얇다

휭한 손바닥, 멍든 허벅지 만지면서도
슬픈 눈길은 다시 물 밖을 기웃댄다

세상을 날마다 지우고 서 있는 너에게
나는 견디는 법을 묻는다

길을 비추다

등대는 맹인의 지팡이다
웅덩이에 빠질세라 돌부리에 걸릴세라
두 손 마주잡은 불빛은 따스하다

마음을 뒤흔들어 놓은 길목에서
가로등처럼 구석구석 길을 비춘다

물결과 물결의 틈새를 읽어주는 저 먼 불빛이
여긴 늪이고 여긴 불바다라고 외친다

길을 세운 나루공원 팽나무가
삼백년 지나온 사연들을 비춘다

산등성이에 누운 주지스님이
외딴 바다에 뿌리박은 독도의 마음이
또 하나의 불빛이다

발 맞추어 걷는 길동무
나는 너의 길잡이 너는 나의 별자리라고
환한 빛으로 검은 바다 위에 새기고 있다

거울을 보다

먼 산을 보고 있다
사람이 되지 못한 사슴

사슴은 사람이 되어보려고
달빛 아래서 자주 뒹굴었을 것이다

사자 같은 호랑이 같은 인간이 사슴을 노릴 땐
숲 속에서 숨을 죽였을 것이다

사슴뿔은 무기처럼 보이지만
그냥 관이 향기로울 뿐*
그 멋진, 위엄을 자랑하지 않는다

송곳니가 없는 사슴
네 뿔은 평화를 위해 휘날리는 깃발

늘 변방을 배회하며 하늘에 파란 자리를 깔아주는
사슴이
내 거울 속에 들어 산다

나는 오늘도
뿔이 아깝다 뿔이 아까워
내 안의 사슴을 본다

* 노천명의 시.

냉정과 열정 사이
— 냉장고

내 몸이 뜨거워져
어제 넣어둔 사랑의 열매가 변질되었다

햇살을 끌어당기는 내가
앞서가는 사람이 흙먼지 날린다고 투덜거린 내가
열정이 냉정을 다스린다고 우긴 내가
흐물흐물 흐물어지고 있다

너는
휘파람 불며 오래오래 손 잡고 걷자며
산책길 출렁이도록 춤추게 하는
사람조차 푸르게 키우는 너는, 그린시티
날 것을 냉각시켜 마르고 닳도록 살아있게 하는
냉정의 에고이즘

냉정하다고 서운해 말거라
너와 나를 오래 이어준 것은
저 냉철함 아니었던가

나를 너의 품에 담아 줄 수는 없을까
시도 때도 없이 사방팔방 흥분하는 나

>
릴렉스 릴렉스
내 심장을 냉동실에 넣는다

지수화풍과 푸른 심장의 시

이형권 문학평론가

지수화풍과 푸른 심장의 시

이형권 문학평론가

1. 시, 팬데믹 시대를 노래하다

훗날 사람들은 2020년대 초반을 팬데믹 시대였다고 기록할 것이다. 중국의 한 도시에서 시작된 코로나19가 아직도 전 세계적인 대유행을 멈추지 않고 있다. 너나 할 것 없이 지구상의 사람들은 사람답게 사는 것이 불가능해진 시대이다. 사람을 자유롭게 만나는 일이 차단되고, 모든 일상이 멈춰버린 듯이 답답하기만 하다. 도심의 거리에 인간의 얼굴은 사라지고, 온통 마스크만이 유령처럼 떠돌아다니고 있다. 인간으로서의 자기 정체성마저 상실하고 무표정의 마스크로 살아가고 있다. 다행히 최근 들어서 엔데믹을 기대할 수 있을 만큼 코로나19의 확산세가 꺾이고 있다. 2년여 만에 야외에서의 마스크 착용 의무화가 해제되고 사적 모임의 인원과 시간제한도 해제되었다. 아직 재확산의 우려는 있지만, 우리의 삶을 옥죄어왔던 일상의 규제들이 점점 사라지고 있다. 그러나 코로나19는 아직 진행 중이고, 언제든 다시 확산될 수 있다는 것이 전문가들의 주장이다.

팬데믹 시대, 시인들은 무엇으로 사는가? 시인들은 여전히 시를 쓰면서 살아가고 있다. 어떤 시인은 여전히 자연 서정을 노래하고, 어떤 시인은 실험적 언어를 통해 전위적 시심을 드러낸다. 또 어떤 시인은 팬데믹이 가져온 세상의 변화를 비판적으로 형상화하고, 어떤 시인은 팬데믹의 근본적 원인을 성찰적으로 진단하기도 한다. 이들 가운데 가장 눈여겨봐야 할 것은 성찰의 시이다. 시의 역할 가운데 하나는 성찰의 기능일 터, 팬데믹 시대를 살아가는 한 인간으로서 자신의 삶을 성찰해 보는 것은 소중하다. 강정이 시인은 이렇게 성찰한다.

> 나는 앨리스로 등장했다가 AI가 되었다가 몸이 흩어지며
> 저 부엌에 뒤샹의 변기처럼 서 있다
>
> 사람의 지구가 아니라 지구의 사람이
> 거꾸로 뒤집혀야 할 순간이다
> ─「팬데믹」 부분

이 시의 "나"는 팬데믹 시대를 살아가는 사람이다. 그가 이상한 나라의 "앨리스"가 되었다가 인공지능인 "AI"가 되는 일은 첨단과학 시대에도 어쩔 수 없는 팬데믹의 문제점과 관련된다. 인간이 주체성을 상실하고 비정상적으로 살아가고 있는 셈이다. 하나의 온전한 몸이 되지 못하고 "몸이 흩어지"는 듯한 경험이나 "부엌"이라는 음식 조리의 공간에 "뒤샹의 변기처럼 서 있다"는 것도 마찬가지다. 문제는 이러한 일이 벌어진 이유와 그것을 극복하기 위한 처방

이다. "나"는 그것이 "사람의 지구"였기 때문이라고 진단하고, "지구의 사람"이 되어야 한다는 처방을 내린다. "사람의 지구"는 인간중심주의 혹은 이성 중심주의의 기치로 내걸고 무절제하게 "지구" 생태를 파괴해온 역사를 의미한다. 오늘날 세계는 인류세Anthropocene라는 말이 나올 정도로 인간으로 인한 지구 생태의 급격하고 전면적인 변화에 직면하고 있다. 거의 재앙 수준이라 할 만큼 지구는 온난화되고 각종 질병이 창궐하고 있다. 코로나19도 이러한 지구 생태 문제와 무관하지 않다. 지구는 이제 인간으로 인해 생태적 자정 능력의 임계점에 도달한 듯하다. 하여 이 시대는 "사람의 지구"에서 "지구의 사람"으로 세상이 "거꾸로 뒤집혀야 할 순간"이다.

"지구의 사람"으로 살아가는 일은 생태적인 삶을 사는 일이다. 강정이 시인이 생태적 삶을 강조하는 이유는 비정한 세상과 허무한 삶을 자각하고, 그것을 넘어서기 위해서는 우주적 순환의 원리를 실천하는 것이다. 세상에 존재하는 것들과의 대립을 통한 '흩어짐'의 삶에서 벗어나, 우주적 생명과의 '아우름'을 추구하는 삶을 추구해야 한다는 것이다. 이 시집에서 중요한 상상의 축을 형성하는 분열적 삶을 인식하는 일, 그것을 넘어서 삶과 죽음, 과거와 현재, 오늘과 내일, 인간과 우주 등이 하나라고 인식하는 일은 그러한 추구의 결과이다. 이러한 인식은 근대 서구의 생태 사상뿐만 아니라 일찍이 동양 불교의 지수화풍地水火風 사상에 내재해 있었다. 강정이 시인은 지수화풍 사상을 근대 문명과 팬데믹으로 인한 비정한 시대 현실을 극복할 수 있는 대안으로 여긴다. 하여 이 시집은 철학적 깊이를 담보하고 있는

데, 그 깊이를 시적 감각으로 형상화하는 데 일정한 성과를
보여주고 있다.

2. 비정한 세상에서 기호처럼 살다

오늘의 세상이 떠안고 있는 문제는 팬데믹만이 아니다.
날이 갈수록 과학이 발달하여 첨단화되고 있지만, 그럴수
록 인간다움의 정체성은 사라지고 있는 게 현실이다. 첨단
과학은 인간의 삶을 편리하게 해 주는 대신 인간을 기계화,
자동화하여 비인간화를 촉진하고 있다. 특히 디지털 문명
의 발달이 디지털 치매라는 신조어를 만들어낼 만큼 인간
의 정체성을 혼란스럽게 하고 있다. 오늘날 디지털 문명이
구현하는 첨단화된 정보화 사회는 인간을 도구화, 사물화
하고 있다. 인간은 온전한 자기 정체성을 상실한 채 인간성
이 부서지고 파편화된 채 흩어짐의 삶을 살아간다. 이런 맥
락에서 강정이 시인은 인간이 하나의 기호가 되어버린 현
실을 비판한다.

나는 나의 기호다

출국심사대에서 손가락지문 눈동자 목소리
분명 내 것인데 – 니가 왜 거기서 나와!

해결사가 되어 줄게 속삭이더니
내 몸 퍼즐을 뺏어갔구나

팔목에 채운 바코드에 끌려간다
심장 비장 위장 폐 간 모두 내 것이 아니다
나는 기계에 찍힌 그림자인가

바코드를 거쳐야 나는 나로 존재한다
내가 딛고 선 이곳도 네비의 바코드

나는 한 권의 행간을 걷고 있는가
무너지고 커지고 뭉쳐지는 나를, 내가 모르겠다

누가 나를 두드린다
미안해 내겐 암호가 없어
나도 나를 열 수 없어

하늘도 서쪽을 여는 중인가
바코드 점검 중인지 온통 붉다
— 「바코드를 읽다」 전문

　첨단의 현대 문명을 떠받치는 디지털 세계에서 "바코드"
는 정보처리의 혁명을 가져온 기제이다. 바코드는 컴퓨터
가 판독할 수 있도록 고안된 굵기가 다른 흑백 막대를 조합
시켜 만든 것이다. 상품의 종류, 매출 정보, 도서 관리 등 다
양한 용도로 사용할 수 있으며, 종이 외에도 다양한 재질에
인쇄할 수 있어서 유통 혁명에 지대한 공헌을 했다. 사람들
은 백화점이나 슈퍼마켓에서 물건을 구매하고자 할 때 바

코드를 활용하여 계산대에서의 시간을 획기적으로 줄이는 역할을 한다. 그런데 이러한 바코드가 요즈음에는 더욱 다양한 용도로 사용된다. 상품의 유통뿐만 아니라 각종 출입국 사무를 편리하게 하기 위해서도 바코드가 활용된다. 문제는 바코드의 그러한 편리한 메커니즘이 인간을 기호화하고 있다는 점이다. "나는 나의 기호다"라는 첫 시구는 그러한 문제점을 단적으로 선언한 것이다. 이때 "나"가 인간적 정체성을 간직하고 있는 존재라면, "나의 기호"는 그것을 상실한 몰주체적인 존재이다.

이 시에서 "나"의 기호화는 "출입국심사대"에서 확인된다. "나"는 그곳에서 "팔목에 채운 바코드에 끌려간다"고 하는데, "끌려간다"는 말이 암시하듯 "나"는 주체적 존재가 아니다. 이때 "바코드"는 "나"의 모든 정보를 압축적으로 모아놓은 디지털 메커니즘 전반을 제유한다고 볼 수 있다. 오늘날 정보화 사회는 인간을 온전한 인격체가 아니라 하나의 정보 혹은 하나의 기호로 취급하고 있다. 이 시에 등장하는 "출입국심사대"뿐만 아니라 생활의 모든 부분에서 인간은 기계의 부품처럼 하나의 기호로 취급된다. 인간의 몸과 정신은 온전히 기계의 부속물처럼 취급되는 사회에서 "나는 기계에 찍힌 그림자"일 뿐이다. 하여 "바코드를 거쳐야 나는 나로 존재한다"고 말할 수밖에 없다. 그 심각성은 "누가 나를 두드린다" 해도 그와의 인간적 소통이 불가능하다는 점이다. 그래서 "미안해 내겐 암호가 없어/ 나도 나를 열 수 없어"라고 하는 것이다. "나"는 디지털 사회에서 "바코드"로 인해 인간적 정체성을 상실한 현대인을 대표한다고 할 수 있다. "서쪽" 하늘이 "붉다"는 것은 인간의 정체성이 저물어가는 현대 사회의 정황을 암시한다.

  이 세상을 비정하게 만드는 것은 첨단의 디지털 문명만이 아니다. 아직도 우리 사회에 미만한 고루한 관념이나 약육강식의 잔인한 폭력성도 인간다운 온기를 앗아간다.

수족관 밖으로 손 뻗어보고 싶었다
잔인한 감옥을 깨뜨리고 싶었다

오월 장미축제 구월 국화꽃축제
유리벽에도 축제가 있을까

내 집은 수족관, 나는 엔젤피쉬!

예쁘게 꼬리나 흔들면 유리밖 사람들 탄성이나 지를까

엔젤피쉬가 유리밖 유리인간들을 봄꽃처럼 보고 있었다
— 「수족관 옆 예식장」 부분

에덴동산이 짓밟혔다
늑대와 이리랑 뒹굴며 평화로웠던 우리를 짓밟았다
잔인한 폭력에 모두가 유린당했다
만삭인 아내를 마취도 없이 제왕절개한 백인 의사
미개인이라며 침 뱉는 굴욕감에 자살한 남편
우리가 부르는 별노래를
멍청한 가난뱅이노래라고 모욕했다
달빛을 무시했다

그러나 살아야 했다
살기 위해 백인이 되어야 한다는 것

손피리 불던 시절을 잊어야 하는가
밤하늘 별을 보면 할아버지 머리의 장식, 휘날리는 깃털
이 그립다
— 「인디언의 노래」 부분

　앞의 시에서 "나"는 자신의 집을 "수족관"에 비유하고 자기 자신은 "엔젤피쉬"에 비유하고 있다. "수족관"의 "엔젤피쉬"는 몸과 마음의 자유를 상실한 채 타인의 욕망으로 살아가는 존재이다. 즉 "예쁘게 꼬리나 흔들면 유리밖 사람들 탄성이나 지를까"라는 생각으로 살아가는 존재이다. 이것은 바로 삶의 주체성을 상실한 현대인을 표상하는 것이라고 읽을 수 있다. 또한, 인용 시구의 앞에 등장하는 "웨딩 마치가 흐르는 수족관"의 상황을 연상하면, "엔젤피쉬"는 아직도 가부장적 가치관의 속박 속에서 살아가고 있는 현대 여성을 상징한다. 어떤 경우이든 "엔젤피쉬"는 자기 정체성을 상실하고 주변의 시선, 즉 타인의 욕망에 사로잡힌 채 살아가는 인간을 의미한다고 하겠다. 그런데 중요한 것은 "나"의 비판적 시선이 "수족관" 밖의 "유리 인간들"에게도 닿는다는 사실이다. 이는 "수족관"의 안이든 밖이든 세상은 온통 자기 정체성을 상실한 채 타인의 욕망으로 살아가는 사람들이 미만하다는 점을 상기시킨다.
　뒤의 시에서 "인디언"은 "잔인한 폭력"으로 인해 인간다운 삶을 상실한 존재이다. 잘 알려진 대로 아메리칸 인디언

들은 "백인"에 의해 조상 대대로 살아온 삶의 터전을 잃어버리고 말았다. 그들은 "백인"의 사냥감이 되어 수많은 목숨을 내놓아야 했으며, 일부 남은 자들은 관광지의 눈요깃거리로 전락하고 말았다. 더욱이 "백인"은 "우리가 부르는 별 노래를/ 멍청한 가난뱅이노래라고 모욕했다"고 한다. "별 노래"로 상징되는 신성하고 웅혼한 영혼마저 "모욕했다"는 것이다. "백인"은 또한 문명 혹은 개발이라는 명목으로 순수하고 건강한 자연을 무참히 훼손하는 일을 저질렀다. 즉 "인디언"이 받들어온 자연, 즉 "달빛을 무시했다"는 사실은 "백인"이 잔혹했다는 점을 증명해 준다. 더 심각한 것은 "인디언"이 살아남기 위해서는 "백인이 되어야 한다는 것"이다. 즉 "인디언"도 이 시의 "백인"처럼 인간성과 자연을 버리고 비정한 폭력으로 살아가야 한다는 점이다. 하여 "인디언"은 "밤하늘의 별"과 함께 아우러지면서 "손피리 불던 시절"이 그립다고 말하지 않을 수 없다. 이 시는 단지 "인디언"의 역사를 말하려는 것은 아닐 터, 시인이 주목하는 것은 폭력에 희생되는 "인디언"이 아직도 세계 곳곳에 존재한다는 사실이다.

이렇듯 비정한 세상을 살아가는 방법은 무엇인가? 그러한 세상에 굴복하고 그저 희생자로 순응하며 살아가는 것은 쉬운 일이지만, 그것은 아무런 의미도 보람도 없는 일이다. 인간다운 삶은 비정한 세상을 견디어 내면서 그것을 극복해 나가는 지혜와 의지가 필요하다. 강정이 시인은 그것을 '유령 되기'에서 찾는다.

나는 유령, 아니 유령의 집이다. 내 등 뒤엔 친정 부모,

시부모, 처녀로 죽은 이모, 과부로 살다 간 이모, 사슴 같은 외삼촌, 전쟁터의 아주버니, 내 꿈속에서 울던 두 모자가 비둘기 떼처럼 앉아있다. 때리고 침 뱉는 욕설을 온전히 받으면 내 몸이 아프다. 유령의 집에는 억울하거나 슬퍼하거나 외로운 영혼이 산다. 내 몸은 그래서 넓어야 한다. 유령들은 제 몸의 불로 쓰나미 산불도 거뜬히 견딘다. 저 울타리가 넉넉한 대숲이어서 부자다. 아파트분양, 땅 투기, 주식, 코인 등 세상을 몰라도 된다. 유령인 내 몸은 종잇장처럼 가볍다. 호젓할 땐 넋두리도 구수하다. 내가 달빛 같은 유령일 때, 시냇물 흐르는 풍경 속에 내 몸을 누이고 새소리 풀잎 소리, 바람 소리를 듣는다.

사람들은 내가 유령인 줄 모르고 사람 취급한다
그래서 나는 유령과의 유토피아를 쌓기 위해 소나무처럼 단단해야 한다
    ─「유령상념」 전문

이 시에서 "나"는 자신을 "유령" 혹은 "유령의 집"이라고 지칭한다. 유령ghost은 육체가 없는 영혼을 의미하는 존재로서 죽은 사람의 혼령이 현세에 머물면서 생전의 모습을 현시하곤 한다. 그런데 유령의 특성 가운데 하나는 현실적, 물리적 공격으로는 죽지 않는 불멸의 존재라는 점인데, 이 시의 "유령"이 그렇다. 즉 "유령"은 비정한 현실에 무릎을 꿇지 않는 강고한 정신성을 상징한다. "나"가 바로 그러한 존재이다. "나"의 내부에 "억울하거나 슬퍼하거나 외로운 영혼", 즉 "친정부모, 시부모, 처녀로 죽은 이모, 과부로

살다 간 이모, 사슴 같은 외삼촌, 전쟁터의 아주버니" 등이 살지만, "유령인 내 몸은 종잇장처럼 가볍다"고 하는 이유이다. "나"는 '유령 되기'를 통해 무거운 현실의 고통과 절망을 벗어나고자 하는 것인데, "유령"은 육신이 없고 그래서 현실의 시련에 자유로울 수 있기 때문이다. 하여 "시냇물 흐르는 풍경 속에 내 몸을 누이고 새소리 풀잎 소리, 바람 소리를 듣는" 것, 즉 속악한 현실 너머 순수한 자연과 함께 하는 인간다운 삶이 가능해지는 것이다.

3. 지수화풍과 함께 우주적 생명이 산다

비정한 현실의 고난을 벗어나기 위한 '유령 되기'는 지수화풍地水火風의 순환적 우주관으로 이어진다. 지수화풍은 불교에서 일체 만물을 구성하는 네 가지 기본 요소를 뜻하는데, 우주는 이들의 이합집산으로 생겨나기도 하고 없어지기도 한다. 사람의 육체도 죽으면 다시 지수화풍으로 흩어지게 되는데, 이후 다시 또 다른 존재로 거듭 태어나기 마련이다. 이러한 관점에 서면 인간의 죽음은 사라지는 것이 아니므로 슬퍼할 일이 아니다. 그리하여 지수화풍 사상은 인간의 생사 해탈과 관계 깊은 것이다. 이는 서양 철학의 4원소론과 비슷한데, 이것을 처음 주장한 사람은 고대 희랍 시대의 엠페도클레스이다. 그는 물, 불, 공기, 흙이 서로 합쳐지고 분해되는 과정에서 여러 가지 물질을 만들게 된다고 본다. 그리고 모든 사물은 이 기본 원소의 비율에 따라 다양한 형태를 띨 뿐 완전히 소멸하지 않는다고 본다. 우주

에 존재하는 모든 생명은 부단한 명명과 순환의 과정에 존
재한다고 보는 것이다. 이 시집에는 이러한 지수화풍의 사
상이 빈도 높게 드러나는데, 그 출발은 시간이나 존재들 사
이의 경계를 인식하는 것이다.

　여명과 저녁노을이 신호를 기다립니다
　푸른 불이 켜지자 어깨 스치는 얼굴들
　어제를 지나온 사람 내일을 뛰는 사람
　하지와 동지가 달과 달을 건너갑니다

　차안과 피안 사이
　지수화풍으로 돌아가면 서로 오고 갈 수 있겠지요

　티격태격 사는 것도 참 신명 나는 일이네요
　너와 나 서로 함께 걷자는 간절함 아닌가요
　침묵이 건너가는 길
　밀물과 썰물의 순환
　저 강을 건너면 오갈 수 없잖아요
　무덤과 자궁 사이 횡단 보도가 있을까요

　버스정류소 알림판이 고장 났네요
　'38번 버스 1분 후 도착'은 5분 10분 가을이 지나도 오
지 않고
　그 사람도 나타나지 않네요
　주술을 걸어봅니다 하나아 두우울 세에엣…
　기어이 오지 않네요

그와 나 사이의 길이 연기처럼 사라지네요

추억으로 향하는 길

빨강 노랑 파랑
―「어제와 오늘 사이 신호등이 있나요」 전문

　이 시집의 표제작인 이 작품은 상반되는 둘을 연결해 주는 "사이"에 관한 사유를 보여준다. 이 시는 "나"가 "그 사람"을 만나기 위해 "버스정류소"에서 기다리고 있는 정황을 배경으로 한다. 그가 타고 올 "38번 버스"는 곧 도착한다고 "알림판"에 떴으나, "5분 10분 가을이 지나도 오지 않고" 있다. "그 사람"을 만나고 싶은 간절한 마음에 "주술을 걸어"보지만 시간이 지나도 "그 사람"은 오지 않는다. "알림판"에 의하면 "그 사람"을 태운 "버스"는 곧 온다고 하는데 왜 오지 않을까? 이유는 "알림판이 고장 났"다는 사실이다. 이때 "알림판"은 "지수화풍" 혹은 우주적 생명의 원리를 망각한 인간이 맹신해 왔던 현실적 원리이다. 현실의 원리는 만남과 이별을 역설적, 순환적 관계가 아니라 배타적 대립의 관계로 봄으로써 "그와 나 사이의 길이 연기처럼 사라지"게 한 것이다.
　"나"는 "그 사람"과의 이별을 극복하기 위해 지수화풍의 원리를 탐구한다. 지수화풍의 원리는 세계에 대한 역설적 인식과 맞닿는다. 하여 색즉시공 공즉시색色卽是空 空卽是色, 즉 만남이 곧 이별이고 이별이 곧 만남이라는 인식을 추구한다. 이 시의 배경인 "여명과 저녁노을"은 밤과 낮 혹은 낮과 밤의 사이에 존재하는 시간으로서 상반되는 둘을 하나로 잇는 상징적인 의미를 띤다. 이 시간은 "어제"와 "내일", "하지와 동지", "차안과 피안", "밀물과 썰물", "무덤과 자궁"이 순환하면서 끝내는 하나로 공존하는 지수화풍의 원리가 작동하는 때이다. "나"가 시의 제목에서 "어제와 오늘 사이에 신호등이 있나요"라고 묻는 것은 그러한 시간을 지향하고자 하는 마음의 표현이다. 이러한 인식은 "그와 나 사이의 길"을 만듦으로써, 결국 "나"는 현실의 이별을 극복하고 이별과 만남이 하나라는 더 큰 원리 속에서 "너"를 만나게 해 준다.

　지수화풍의 원리에 의하면, 만남과 이별, 삶과 죽음은 이항 대립적인 것이 아니라 끝없이 순환하고 하나로 어우러지는 것이다. 그것은 지수화풍 즉 흙, 물, 불, 바람으로 상징되는 모든 존재가 돌고 도는 것이라는 인식과 연관된다. 그러한 인식은 아래의 시에서 말하는 사계절의 순환 원리와 유사하다.

　　대청마루에 누워 사계절을 듣는다

　　몸에서 나는 새소리 바람소리
　　그 선율에 나를 얹어다오
　　고요하고 느린 걸음으로 들길을 걷고 싶다

　　사계절은 기 승 전 결
　　싹트고 자라서 물들고 타버릴 동안
　　소설이 탄생하고 역사가 이루어진다

그렇다 너는 시간 위에 있어야거늘
어쩌자고 내 작은 심장을 덮치는가
얼었다 끓었다 풀렸다 엉겨붙고 불타는
혼돈
이 공간은 네 집이 아니다
오래된 시간으로 되돌아 가라

여름 지나고 가을햇살로 빚은 단풍에 씨앗 민들레 덮치니
심장에 불이 붙을 수 밖에
나더러 미쳤다고 손가락질이다

오, 계절아 나를 내버려다오

대청마루 위에 계절의 기운을 토해낸다

코끝을 스치는 흙의 리듬으로
비발디가 흘러간다
— 「비발디」 전문

이 시의 "나"는 "대청마루에 누워" 비발디의 명곡 「사계」
를 듣고 있다. 그 음악에 몰입한 "나"는 "사계절은 기승전
결"이라고 생각한다. "기승전결"은 시나 소설에서 하나의
완결 형식을 위해 활용하는 구성법이다. 그런데 그러한 구
성법이 인간의 역사에도 적용된다. 춘하추동의 "사계절"은
"싹트고 자라서 물들고 타버릴 동안/ 소설이 탄생하고 역

사가 이루어진다"고 보는 것이다. 나아가 "사계절"은 사람의 마음에도 작용한다. "사계절"이 "내 작은 심장"에서도 "얼었다 끓었다 풀렸다 엉겨붙고 불타는" 것이다. 이렇듯 "사계절"은 자연의 리듬을 구성하는 동시에 인간의 "역사"와 "마음"까지도 지배하는 "시간"의 원리이자 우주의 원리이다. 하여 "계절아 나를 내버려다오"라고 외쳐보고, "대청마루 위에 계절의 기운을 토해내"지만, 결국은 "코끝을 스치는 흙의 리듬"에 몸과 마음을 맡길 수밖에 없다. "흙의 리듬", 혹은 "사계절"과 "기승전결'의 원리는 자연과 우주와 "나"의 마음을 하나의 리듬 속에 모은다. 하여 "흙의 리듬으로/ 비발디가 흘러간다"는 것이다. 이때 "흙"은 지수화풍의 한 요소로서 다른 요소들과 순환하는 것이므로, 자연과 우주와 삶의 원리로서의 "사계절"이나 "기승전결" 혹은 4요소를 제유한다.

생명과 우주의 순환 원리는 결국 모든 것들이 하나의 합체라는 인식과 닿는다. 처음이 돌고 돌아 끝이 되고 그 끝이 다시 시작하는 출발점이 된다. 그것은 마치 뫼비우스의 띠처럼 하나로 이어진 전체를 구성한다. 가령 "선정삼매에 든 엉덩이가 보름달로 부푼다// 나도 진달래 곁에 앉아 꽉 찬 방광을 비운다/ 진달래 하나 둘 셋… 나란히 앉아/ 세상을 본다// 물만골 계곡이 넘쳐흐른다/ 풀들이 일제히 지휘봉을 잡고/ 물만골 교향곡을 연주한다(「웰컴투 물만골」부분)는 시구는 흥미롭다. "보름달"과 "나"와 "진달래", "세상" 등이 하나가 되어 "물만골 교향곡을 연주한다"고 한다. "물만골"은 우주와 인간과 자연이 하나가 되어 순수하고 건강한 생명의 세계이다. "물만골 교향악"은 계곡의 물소리를 넘어 세상에 존재하는 모든 것들이 조화를 이루게 하는 매개인 셈이다. 이러한 합일과 조화는 생명이 탄생하는 원리이다.

저 궁창에서 흘레라니

대낮이 제집인 태양과
별밤이 제집인 달은

따가운 시선 따윈 안중에 없구나

밤이 그렇게 낮을 베어 먹고
온 하늘에 붉은 깃발을 흔드는가

금환일식
둘의 짓거리가 금반지라니

저 빛나는 테두리가 텅 빈 물음의 幻을 품고 있지 않은가

저 모든 합체가 수억 년 생명임을 어찌 아는지

'저것 좀 보소 저것 좀 보소'
구관조가 노래한다
궁창이 내린 성전이다

우리가 그렇게 태어났다 한다

당신과 나는 어떤 스캔들의 답인가
　—「개기일식 스캔들」전문

　이 시는 우주의 원리가 인생의 원리와 다르지 않다는 점을 환기한다. 그 원리는 서로 다른 두 존재가 만나 새 생명을 만들어내는 일과 관련된다. "개기일식"은 그러한 일의 상징이다. 일반적으로 "개기일식"은 달이 태양을 완전히 가려서 대낮에도 태양을 볼 수 없게 되는 상태를 말한다. 이 자연 현상을 시인은 "궁창에서 흘레"를 하는 것, 즉 "대낮이 제집인 태양과/ 별밤이 제집인 달"이 하나가 되는 것으로 본다. 낮과 밤, 태양과 달이 하나가 되는 순간 새로운 우주가 탄생하는 것이다. 또한 "금환일식"을 "금반지"에 비유하고 있다. "금환일식"은 달이 태양을 완전히 가리지 못했을 때 달 주변으로 태양이 금테처럼 남아있는 상태를 말한다. "개기일식"과 "금환일식"은 시간이나 지역에 따라 바뀌어가는 혼성일식을 연출하기 마련이다. "나"는 "금환일식" 현상을 "금반지" 또는 "텅 빈 물음의 幻"에 비유하면서 "저 모든 합체가 수억 년 생명"이라는 사실을 강조한다. "나"는 남녀가 만나 사랑을 하듯, 해와 달이 만나 "합체'가 되듯, 생명과 우주는 서로 다른 것들이 만나 하나가 되는 혼융의 원리를 발견하고 있는 셈이다. 이러한 원리는 또한 거창한 우주나 보편적인 생명의 것일 뿐 아니라, 지금 우리가 사는 이곳에도 적용되는 것이다. 시의 마지막 구절에서 "당신과 나는 어떤 스캔들의 답인가"라는 질문이 바로 그것에 대한 자각을 의미한다.

서로 다른 것들이 하나가 되어 새로운 존재를 창출하는 일은 지수화풍의 이음동의어라고 할 수 있다. 그것은 새로운 가치를 창출하는 일도 마찬가지이다. 가령 "오, 성배! 그것은 술잔이었다// 술병이 깨어진 주변에는/ 누군가에게 짓밟힌 벌레가 기어가고/ 내가 외면했던 노숙자가 그곳에 엎드려 있었다// 그릇 앞에 성스럽게 엎드린 그는 푸른 이슬로 덮혀 있었다// 깨어진, 내가 있었다(「聖 계단 성당」 부분)는 시구는 의미심장하다. "그릇 앞에 성스럽게 엎드린" 모습의 "노숙자"에서 성스러운 가치를 발견한다. 밥을 얻기 위해 새벽까지 구걸하면서 "푸른 이슬로 덮혀 있"는 속된 그의 모습에서 성자의 모습을 발견한 것이다. "노숙자"는 비록 현실에서 소외된 부적응자이긴 하지만, 밥에 대한 그의 진지한 태도는 현실에서 성공한 그 누구보다도 성스럽다는 것이다. 이것은 성과 속이 역설적 원리에 의해 하나가 된 모습이다. 거기서 "깨어진, 내가 있었다"는 것은 "노숙자"에도 못 미치는 자아에 대한 진지한 성찰의 언어이다. 이 언어로 인하여 나 역시 "노숙자"의 성스러운 태도에 근접하는데, 이것이 바로 성찰의 힘이다.

4. 푸른 가슴을 너에게 바친다

　세상은 비정하고 인생은 허무하다. 시인의 임무는 이러한 세상과 인생에 잘 적응하면서 살아가는 것이 아니다. 시인은 그러한 세상과 인생에 저항하거나 그러한 그 너머의 새로운 세계를 꿈꾸는 존재이다. 새로운 세계를 꿈꾸는 일은 현실을 넘어선 생명과 우주의 원리를 발견하는 일이다. 강정이 시인은 지수화풍에서 그러한 원리를 찾는다. 지수화풍은 순환과 합체를 통해 우주적 생명이 존재하는 방식이다. 그리고 그러한 순환과 합체를 위해서는 "나"의 이기적 욕망이나 아집을 버려야 한다. "나"를 지나치게 고집하면 너와 하나가 되는 일이 불가능해진다. 하여 지수화풍의 원리에 몸과 마음을 긴고자 하면 타자와 어우러지는 존재, 자기희생적인 존재가 되어야 한다. 하여 시인은 맹물이 되어 푸른 심장을 타자에게 전하고 싶다고 노래한다.

> 맹물은 자기를 주장하지 않는다
>
> 코끼리 만나면 코끼리로
> 토끼를 만나면 토끼로
> 수선화 만나면 수선화로 핀다
>
> 그를 물로 보지 마라
> 다만 조용히 스며들 뿐이다
>
> 무색 무미 무취의 방식으로!
> ―「맹물같은 사람」 부분

> 하지만 나의 혈통은 푸른 정맥에 있는 걸
> 새빨간 조명 렙소디 울려도
> 적요 뒤로 숨는 푸른,
> 나의 피는 청순 발랄 상큼인 걸

나를 아끼는 이를 만나면
나의 푸른 심장은 두근거리겠지

하루가 팍팍하고 요란스러울 때
부드럽게 나를 찌르시라
사방이 온통 먹먹할 때
살며시 품어보시라

토마토와 토마토는 서로 알아 보는 걸

서로의 눈빛이 마주치는 그때
내 푸른 심장을 아낌없이 주리라
— 「푸른 심장을 드리리」 부분

    앞의 시에서 "맹물같은 사람"은 아집에서 벗어난 존재이다. 그는 "코끼리"든 "토끼"이든 "수선화"이든 어떠한 타자를 만나더라도 그와 하나가 될 수 있는 포용력을 갖춘 존재이다. 그렇다고 하여 그가 "맹물"처럼 자아나 소신이 없는 사람은 아니다. 그는 자신을 부화시키는 존재가 아니라 타자에 "조용히 스며드"는 존재이기 때문이다. 스며든다는 것은 아집을 버리고 타자와 하나가 되는 일, 지수화풍의 원리에 의한 합체가 되는 일이다. 그럼으로써 "나"는 더 큰 "나"로 거듭 태어나 우주적 존재가 되는 것이다. 뒤의 시에서 "나"는 "나의 혈통은 푸른 정맥에 있"다고 한다. 이는 "나"가 "청순 발랄 상큼"한 존재라는 뜻일 터, "나"는 세속의 "새빨간 조명"을 초월할 수 있는 존재이기도 하다. 특히

"나를 아끼는 이를 만나면/ 나의 푸른 심장은 두근거리겠지"라고 한다. 이때 "푸른 심장"은 순수하고 건강한 생명력의 상징이다. "나"는 그러한 생명력을 "눈빛이 마주치는 그대"에게 전하겠다고 한다. "내 푸른 심장을 아낌없이 주리라"고 하여, 타자와 진정으로 하나가 되어 새 생명으로 거듭 태어나기 위해서는 희생도 감내하겠다고 하는 것이다.

이처럼 강정이 시인에게 "나"를 발견하는 일은 타자인 "너"와 함께 하는 일이다. 아집과 이기적인 마음에 사로잡힌 "나"가 아니라, 너를 위해서는 나를 버리고 희생할 줄 아는 "나"를 발견하고자 하는 것이다. 이는 "나"를 버림으로써 더 큰 "나"를 만나는 역설을 동반하기 마련이다. 그것은 가령 "관 속에서 엄마가 불타고 있다/ 딸아 울지 말거라/ 나를 태워야 니가 태어난다"(「노을」부분), "고통과 두려움 닦인 자리에 새싹이 돋는다/ 바람보다 가벼워진 나/ 내가 나를 가만히 안아준다"(「크리넥스 고해성사」부분)와 같은 시구가 그러한 인식을 잘 드러낸다. 강정이 시인은 비정한 세상을 아름답게 만들기 위해 이러한 역설을 삶으로, 시로 실천해 왔다. 하여 "내가 나를 가만히 안아 준다"는 고백에는 큰 감동("!")이 동반한다. 이때 "나"는 타자를 품고 생명을 낳는 화풍지수의 존재이므로, 그 감동의 진폭은 우주만큼 너르고 생명처럼 푸르다.

강정이

강정이 시인은 경남 삼천포에서 출생했고, 2004년 계간시전문지 『애지』로 등단했으며, 시집으로는 『꽃똥』과 『난장이꽃』이 있다. 강정이 시인은 지수 화풍 사상을 근대 문명과 팬데믹으로 인한 비정한 시대 현실을 극복할 수 있는 대안으로 여긴다. 하여 강정이 시인의 세 번째 시집 『어제와 오늘 사이 신호등이 있나요』는 철학적 깊이를 담보하고 있는데, 그 깊이를 시적 감각으로 형상화하는 데 일정한 성과를 보여주고 있다.

이메일 : kangjungii@hanmail.net

강정이 시집

어제와 오늘 사이 신호등이 있나요

발   행   2022년 5월 30일
지 은 이   강정이
펴 낸 이   반송림
편집디자인   김지호
펴 낸 곳   도서출판 지혜
기획위원   반경환 이형권
주   소   34624 대전광역시 동구 태전로 57, 2층 도서출판 지혜 (삼성동)
전   화   042-625-1140
팩   스   042-627-1140
전자우편   ejisarang@hanmail.net
애지카페   cafe.daum.net/ejiliterature

ISBN : 979-11-5728-475-7 03810
값 10,000원